Elvis sobre a Baía de Guanabara

e Outras Histórias

Miguel Botelho

Elvis sobre a Baía de Guanabara

e Outras Histórias

Miguel Botelho

INDEX ebooks
1ª edição, 2013

Ficha técnica

Título: Elvis sobre a Baía de Guanabara e Outras Histórias
Autor: Miguel Botelho

Edição e revisão:
João Máximo, Luís Chainho e Patrícia Relvas
1ª edição, 24 de Junho de 2013,
Revisão de 12 de outubro de 2013

INDEX ebooks
www.indexebooks.com
Lisboa, Portugal

ISBN: 978-989-8575-28-9

À memória do Saint-Clair Stockler.

As histórias

Furadouro

ᘓ

As pequenas cidades balneares estão vazias no inverno, como se fossem um segredo desconhecido pelas multidões que as enchem nas noites estivais.

Furadouro. A neblina salgada que cobre o passeio junto ao mar. Caminhamos lado a lado no refúgio do clarão amarelo dos candeeiros. Nem nos tocamos, ombro a ombro. O nevoeiro protege-nos, mas estamos sempre despidos, expostos à crueza dos olhares. Quase não falamos, porque não sabemos ainda, ou não sabemos já, quais as palavras que se adequam. Rasamos as ruas, os passeios, porque precisamos do pão, mas também porque, sem o sabermos, precisamos de outros olhares, de outras paisagens, de respirar um outro ar que não seja o da respiração do outro. Somos pássaros abandonados, sem ninho. Paramos num restaurante e eu avanço de cabeça descoberta, atalho pela espessa suspeição de que todas as cabeças se voltam, o que é impiedosamente mentira. Mas parece-me que tu estás escrito pelo meu corpo todo, que assomas, como um sinal, à minha fronte, que os meus cabelos murmuram o teu nome. E, por um momento, nem sei o que fazer com isso.

Depois, há esse intervalo que só é interrompido pela brasa dos teus cigarros. Mais nada. Não há lá fora, não há madrugada, não há carros a rugir na estrada nacional, não há os vizinhos que batem com a porta ao entrar. Não há nada. Nem há, mais tarde, o teu corpo a respirar ao meu lado. Estou só. É mentira, estou só com a tua presença, o teu corpo irradia e alimenta-me, sou teu mesmo quando tu não estás e quando me beijas a dormir. Eu, a presença do teu corpo ausente, e o frio lá fora que entra com a neblina pela minúscula janela da casa de banho.

Furadouro. Uma manhã de cardoso pires: o ar frio e seco como um osso, o sol a prumo sobre as nossas cabeças. Tudo é limpeza e claridade. Até os nossos cabelos molhados. Sabemos já que alguma coisa se instalou definitivamente entre nós. E é a isso que eu me seguro quando subimos os degraus do café Rochedo. Eu leio o jornal e tu entreténs-te com alguma coisa tua, como sempre. Com o teu passado, com o teu futuro. Com o teu emprego, com o teu mobiliário de *design*, com os teus amigos, com os teus planos grandiosos, nos quais eu apareço sempre disfarçado, sou sempre um retrato solitário, uma conveniência que é preciso acomodar. Bebemos galões em copos altos de vidro com pega de metal. E comemos torradas, eu fico sempre com o miolo do meio, é a parte dos caprichos que me toca, a ilusão de que tu me queres nos sacrifícios, que a moeda de troca tem sempre valor equivalente. Mas já nessa altura isso era, claro, mentira.

Depois, os teus compromissos no lugar da minha disponibilidade. Tens de sair. Tens de ir e depois voltar. Entras no carro e eu, ao ver-te de costas, ao ver-te abrir a porta do carro, ao ver-te dizer amo-te com os olhos, ao ver-te entrar para o carro, ao ver-te pôr o carro a trabalhar, ao ver-te engrenar a marcha atrás, ao ver-te desaparecer ao fundo da rua junto ao parque de estacionamento, deveria pressentir que te afastas, que nem sequer te tinhas aproximado, que sempre foste uma distância, uma ilusão de ótica, um erro de paralaxe. Nem sei mesmo se não sabia já isso tudo, mas prefiro a ilusão da espera, a antecipação do encontro, a felicidade de estar contigo apenas adiada por breves e inconsequentes mentiras.

Saio do café, caminho pelo passeio até ao outro lado da praia, volto para trás. Ao fim da manhã, o sol cada vez mais quente, o passeio enche-se de pessoas. Casais, crianças, cães grandes e bem tratados correndo pela duna. As bicicletas, as bolas, as primeiras incursões pela areia da praia, os pés molhados na água fria. Enche-se aos poucos de verão a pequena cidade balnear. Dentro em breve, ficarão para trás os pequenos segredos, para sempre escondidos na bruma das noites invernais.

Canções de Amor

Preocupo-me pouco com a minha aparência. Tenho dois fatos, um preto e um cinzento, que uso em semanas alternadas. Camisas, todas brancas, tenho mais do que duas, naturalmente, mas só as mudo quando troco de fato. No entanto, apesar de as usar durante vários dias, as camisas mantêm-se impecavelmente limpas, até na parte interior do colarinho. Dir-se-ia que tenho a característica estupenda de não acumular sujidade, da mesma forma que não acumulo sobre mim a atenção dos outros. Se, por natureza, já pouco se dá por mim, o meu tipo físico é de tal forma indistinto que se torna difícil descrevê-lo. A não ser, talvez, pela cor dos fatos, mas isso, é claro, só funciona de semana para semana.

Tenho um emprego burocrático que mais ninguém sabe qual é, a não ser, obviamente, os meus colegas do trabalho. Mas esses, por seu lado, desconhecem quem é que eu sou fora do rigor das paredes da repartição. Nunca falo de mim próprio, mas gosto de comentar, e faço-o profusamente, todos os factos que me são exteriores. Sou capaz de discorrer sobre qualquer tema: comento as novidades do desporto, da televisão, interesso-me por política, conheço o mundo, apesar de ter viajado muito pouco, e o que por ele vai acontecendo. Em suma, estou sempre a par. E adoro contar histórias, conto imensas histórias, o tipo de histórias do quotidiano, as pequenas histórias de que toda a gente gosta de falar porque, precisamente, nunca dizem respeito a ninguém em particular.

Fora da repartição, ninguém sabe da minha vida. Mesmo no restaurante onde janto todos os dias, faço da afabilidade e do meu aspeto incaracterístico os trunfos para não despertar a mínima curiosidade por parte de donos, empregados e restantes clientes habituais. Não lhes passa pela cabeça que eu possa ter uma vida para além dos quarenta e cinco minutos que, em média, demoram as minhas refeições. Suponho que jamais alguém se deteve, ao menos numa noite de insónia, a pensar em mim ou nalgum aspeto concreto da minha vida. Aliás, estou convencido que aos olhos dos outros a minha vida nem terá aspetos concretos.

Aquilo a que chamo o meu lar, é um apartamento pequeno, num desses prédios que não são nem novos nem antigos, numa rua sossegada de um tranquilo bairro do centro da cidade. Pela casa se conhece o dono, diz-se, ou, pelo menos, deveria dizer-se. E em muitos casos, é verdade. A minha casa é simples, quase espartana, e impera o rigor e a funcionalidade. Pouco mobiliário, todo ele de carácter utilitário. As paredes da sala estão forradas com estantes, tal como as do corredor que separa a sala e o quarto das divisões de serviço. A minha única extravagância, chamemos-lhe assim, é a existência de um gato, preto e cinzento como os fatos, que alterna períodos de sono prolongado com brevíssimos momentos de intensa correria. Estas corridas rápidas, os saltos ágeis que contrastam com o pesado e roliço corpanzil de animal habituado à tranquilidade doméstica, constituem a principal distração do seu dono e, admito-o em abono da verdade, o elo de ligação mais forte que mantém com outro ser vivo.

Chegado a casa após o prândio, e depois de tratar do meigo felino, troco o casaco do fato por um vistoso roupão chinês de sedosas bandas encarnadas, despojo de uma das raras viagens, e entrego-me à atividade que constitui, de facto, a grande razão da minha vida. Há quem dedique as suas horas de ócio às mais variadas distrações, algumas delas prosseguidas com furiosa dedicação e espírito colecionador. Há mesmo casos, menos vulgares, de quem nutra uma atenção obcecada por estas atividades ditas de lazer. Mas julgo que sejam raros os casos, como o meu, em que estes entretenimentos ocupam todo o espaço vital disponível e são cumpridos com uma entrega verdadeiramente religiosa, tornando-se, mais do que num caso sério, num verdadeiro mantra existencial.

Dedico-me, com efeito, a um passatempo que ocupa praticamente a totalidade dos meus tempos livres: escrever canções de amor. Ou melhor, escrever as palavras, em forma de poemas, para imaginárias canções de amor. Comecei por preencher cadernos pautados com versos de metro rigoroso e rima natural. Passei a arrumar os cadernos em pastas que enchem por completo as estantes da sala e do corredor. Nos armários da cozinha, arrumo caixas de papelão cartonado com aquilo que classifico de material rejeitado, ou seja, os poemas que considero não terem atingido o padrão exigente de perfeição digno das pastas de arquivo, mas que, em razão do seu valor sentimental, ou por mero pragmatismo didático, prefiro preservar, a deitar fora.

São milhares e milhares de folhas de papel, usadas de um só lado, manuscritas numa caligrafia miúda, certa e, vá lá, bonita, verdadeiro cursivo de escriturário, e que me enchem, literalmente, a casa. São poemas arrebatados e arrebatadores, que falam tanto de amores cumpridos, como de amores impossíveis, ou de amores traídos. Falam de tórridos romances soprados por alguma brisa tropical, como de magoadas e dolorosas rejeições. Não recuo perante nada: há canções atravessadas por uma sensualidade tão marcante que chegam a ser graficamente obscenas, e há canções de puro platonismo espiritual, de uma transcendência quase metafísica. Há canções escritas na inábil e sofrida voz masculina, e há desvairadas canções postas na boca de mulheres desesperadamente enlouquecidas. Há canções plenas de esperança em amores por cumprir, e canções amaldiçoadas pela memória amarga de maus-amores passados.

Canções, poemas, palavras, que escrevo noite fora, sereno como se estivesse a cumprir um destino que me é imposto, mas febril como se extático em alheado transe. Até que, alta madrugada, saciado e exausto como um guerreiro vitorioso no termo da mais inexorável das batalhas, encosto a cabeça na almofada e durmo um curto mas profundíssimo sono, que me retempera o corpo e reconcilia o espírito. Mal a aurora desponta, vem-me o gato miar à cama pelo leite matinal. E eu desperto feliz para mais um dia de repartição.

Rua de São Marçal

Deste-me o braço e descemos a rua. Felizes e, ao menos aparentemente, inocentes. Mas houve nesse teu gesto a memória de uma dor antiga - incómoda, é certo, mas apaziguadora e familiar.

Sempre que desço a rua, lembro-me da luz da tarde de sol em que a desci pela primeira vez. Como tudo me pareceu tão verdadeiro. Senti, então, a luz na face, e permaneci nesse momento, como descobri mais tarde, para sempre. Depois dessa tarde, desci e subi a rua muitas vezes, ao sol, à chuva, de noite. Mas é sempre a luz dessa tarde que surge quando, lá em cima, volto a esquina e vejo o passeio de calçada luminosa, a cúpula branca de uma igreja, a nesga de rio ao fundo, e, como num poema, os gatos.

Tu, ao meu lado, descendo a rua, alegre e enganador. Encantava-me a alegria e mesmo uma certa descontração indiferente com que parecias dar cada passo. Como se, para ti, desceres a rua de braço dado comigo fosse o momento de uma vida e não houvesse nada em volta. Mesmo sabendo que essa alegria era um truque, comparada com uma outra alegria, espontânea e breve, que eu raras vezes surpreendi no teu rosto. Encantadora, mas não contagiante, a alegria do teu rosto quando me deste o braço e descemos a rua. Esse momento, que era só teu, mas em que parecias ser tudo o que eu queria que fosses, foi aquele em que estivemos mais juntos. E foi também quando, silenciosamente, me comecei a afastar de ti.

Não sei bem o que propunhas nessa noite. Senti a dor, doce e magoada, a cintilar na memória. A dor aguda de pressentir que tu eras apenas uma forma diferente, e ainda assim apenas ligeiramente diferente, de eu estar só. Mas soube, nesse momento, que afinal não me propunhas nada, envolvido como estavas nessa pretensa alegria que te abria o rosto e embalava o passo.

E continuámos a descer a rua, de braço dado. Tu, confiante na felicidade verdadeira de um falso momento. Eu, já irremediavelmente alheado noutra tarde.

Snooker

Entraste na messe e atravessaste o salão. Sentias ainda o cheiro dos cabedais de quando, há muito tempo, tudo era novo. Havia grupos espalhados, sentados à volta das mesas ou de pé, encostados ao balcão ou a alguma coluna. Ouvia-se o som das conversas, do gelo a tinir nos copos, o zumbido do ar condicionado que te parecia sempre o som de alguém que vai refletindo enquanto fala. Lá fora tinha começado a chover, mas nem a batida intensa da água nas vidraças suavizava o ar quente e pesado. O suor escorria-te pela fronte e pelo peito, tinhas acabado de atravessar a cidade às duas da tarde, o calor insuportável não recuava um grau sequer face à tempestade que se aproximava. Nada te distraía. Porque seguias apressado, insuspeito dos olhares laterais que cortavam o ar até chocarem contra a auréola de dor e angústia que te cercava. Não ouvias os comentários que procuravam perder-te para sempre daquele teatro de guerra. Sabias onde estava o que procuravas, quem procuravas. Sabias que lá em cima, na sala de tetos baixos, agitada pela modorra preguiçosa de uma ventoinha, ela acabava de levar um copo à boca, deixando o gelo demorar-se ao encontro dos lábios. Era lá em cima que as "capitoas" entretinham as tardes de ócio, nos dias em que a piscina não era alternativa. Naquele momento, ela pousava o copo e segurava no cubo de giz. Debruçava-se sobre a mesa e preparava a tacada. Mesmo a tempo de tu ouvires a pancada de saída, espalhando o bilhar pela mesa. Apesar de ela não poder saber que tu abrias a porta e te preparavas para lhe dar a notícia, sabias que ela estava à tua espera.

(*Estendias-te assim na cama verde, a ilha esmeralda dos teus olhos, e traçavas-me a giz as marcações. A partir de então, apenas nos encontraríamos no feltro dos teus braços, cada um de nós em direção a opostos extremos.*

Diríamos a circunstância desses encontros. Baixaríamos os olhos à impossibilidade dos sorrisos. Tu permanecerias assim, em sereno abandono, o corpo à espera do próximo jogador. Secretamente, ansiavas movimento, querias quebrar um ciclo de inércia e mansidão, um corte que te pusesse a rolar, em revolução, que te fizesse girar, de promessa em promessa, até à tabela infinita. Mas não querias ser tu a dar a primeira pancada e, então, esperavas que fosse eu a cumprir os teus segredos.)

Ficará para sempre a marca das unhas quando se cravaram no rebordo de madeira. Muito depois dos estilhaços de vidro do copo terem sido varridos, muito depois da nódoa negra que os dedos dela deixaram no teu pulso ter desaparecido. A mana saiu esbaforida, mas ela ficou parada, à espera de uma reação, à espera talvez que tu tivesses a reação que ela não conseguia ter. A tua história, que foste a remoer escada acima, desfez-se mal abriste a boca.

"O Eduardo foi ferido, uma emboscada, está a ser helitransportado para o HM. Vim buscar-te".

Foi a primeira vez que te referiste a ele pelo seu nome próprio e foi a primeira vez, e única, que a trataste por tu. Não há hierarquia na dor, ou melhor, não há hierarquia na morte, nem há protocolos e regras quando, despedaçado, o peito se afunda e se afoga. Mas ela ainda não sabia. Ainda. Porque olhou para ti e leu a verdade no fundo baço dos teus olhos. As verdades. Essa, a mais imediata, a que lhe dilacerou o peito, rasgando por dentro tudo à sua passagem, a de que tu estavas a tentar ser meigo sem conseguires. Leu também, embora só disso tenha tido consciência mais tarde, a outra verdade, a de que também tu estavas dilacerado pela dor e que já não aguentavas, nem mais um segundo, nem mais um milímetro, nem mais um corpo caído em combate, segurar em segredo o preço mártir do que até então foras capaz de manter insuspeito e inominado.

Foi nesse momento que o copo se desprendeu no ar e caiu no chão em estilhaços e as mãos se seguraram ao bordo da mesa, única forma de também ela não desabar. Já pela escada chegavam vozes, passos, alertados pelos gritos da mana alvoroçada. Seguravamna, afastavam-te dela, deitavam-na na mesa. O teu instinto de sobrevivência punha-te no teu posto, fazia-te vir a ti.

"Meu major, tenho ordens para levar a esposa do capitão Fonseca ao HM. O heli deve estar a chegar ou já deve ter aterrado."

"Mina?"

"Emboscada, meu major. O pelotão foi dizimado."

"Apresente-se lá no HM, furriel. Eu próprio levarei a esposa do capitão Fonseca."

(*"meu furriel", dizias tu em sussurro, "meu furriel, tenho de te pedir este favor". A tua mão navegava, havia um calor intenso que ardia debaixo da tua pele, que subia às margens dos teus dedos e que abrasava a tarde africana. "Acredita que é a melhor maneira, e são só mais quatro semanas, depois teremos Lisboa à nossa espera, e eu juro-te que estará mesmo só à nossa espera, só de nós dois". Eu sorria. Aquilo que me pedias era uma ironia tão suprema que eu não sabia se conseguia suster o sarcasmo. Respondi-te que "não tenho jeito para tapete de capitoas, meu capitão". Rei capitão soldado ladrão. São só uns dias, insistias tu, "é só ir e vir, passa num instante, enquanto andas aí de cú tremido a passeá-la pela cidade, eu vou e volto. Assim podemos estar juntos sem levantar suspeitas, meu furrielzinho de meia-tigela". Os teus olhos sorriam e a tua boca calava o meu protesto, arrastava-me para o abismo do futuro, das promessas que se levantavam, ténues, no horizonte, ao mero sopro de uma brisa inconsequente. Fiz as contas ao dia e, secretamente, quase como se fosse uma traição, submeti-me à hierarquia.*)

Foi a última vez que atravessaste a cidade, a última vez que o suor te escorreu assim pela fronte e pelo peito, te ardeu nos olhos e te secou a garganta. Foi a última vez que o suor te ocupou o lugar das lágrimas. A última vez que o sol se pôs do lado errado do oceano, caindo, em chamas, entre montanhas. Foi a última vez que tu a amparaste, lhe emprestaste o ombro, a seguraste pela cintura.

Foi a última vez, ali, naquela pista de aeroporto. Tu acompanhavas a viúva que acompanhava o corpo do oficial morto que te acompanhava no ocaso que descia dentro de ti. Acompanhavas o corpo de um soldado, um corpo, e acompanhavas-te a ti, como se só restasses tu, como se fosses só uma pedra, um arbusto seco que definha onde ninguém o plantou, como se fosse a última vez. O último olhar.

Cartas de Amor

1.

Meu amor,

abeiro-me da janela no momento preciso em que o sol rompe as águas da baía e se eleva, afável e majestoso, sobre a grande cidade meridional. Atravesso a casa onde me alojo de empréstimo, até à janela do lado contrário, a tempo de ver as sombras dos edifícios deste lado da rua a projetarem-se, sempre mais pequenas à medida que o sol vai subindo, sobre os edifícios em frente. São prédios altos, desenhados por janelas rasgadas e amplas varandas, que se alinham ao longo de uma avenida a perder de vista, eixo que o sol vai percorrer no seu traço diário.

A esta hora paira ainda, junto às ruas, uma luz baça, sombria, quase plúmbea, que o sol não tardará a rasgar. Esta luz sem brilho, o emaranhado verde e rubro das copas das acácias, a humidade que se vai deixando colar ao alcatrão, fazem desta hora matutina o único momento de frescura que o dia vai conhecer. Um autocarro apinhado estanca na esquina em frente, largando a primeira revoada de trabalhadores que vêm do vasto subúrbio para trabalhar na cidade do cimento.

Passa uma ou outra bicicleta, um ou outro corredor solitário, um bêbado atrasado em deriva cambaleante.

Debruçado no parapeito da varanda, subitamente refeito da exaustão da vigília, sinto-me feliz. Quero recordar o teu rosto, mas não consigo fixar os teus traços fisionómicos, como se fosses o vestígio de um fantasma que se esfuma no ar à minha frente quando o tento alcançar. De frente para esta avenida que se estende para o interior da terra infinita, tudo parece relativo e menor. Sinto-me feliz porque me apetece fumar um cigarro mas consigo resistir à tentação de ir procurar um entre os despojos da noite que se desarrumam pela sala. Nem me sinto, pelo menos por enquanto, com coragem para atravessar novamente o quarto onde um corpo vazio dorme nu sobre os lençóis em desalinho.

Há coisas que eu tenho que te dizer, mas que à luz deste amanhecer não parecem urgentes. Não sei se conseguirei ouvir o que me vais dizer quando falarmos, mas nem é essa cobardia que me impede de te ligar de imediato. Apenas não me parece urgente o que tenho para te dizer quando olho para esta avenida vasta e vazia de uma cidade distante, no outro lado do mundo, e que o sol se prepara para desfiar em arco, tornando o céu mais profundo e azul. Nem quando se vê a multidão imensa desembarcando dos autocarros, tagarela e animada, como se o resto da cidade não dormisse ainda. O tempo paira lento e demorado sobre a cidade, neste hiato breve e fresco entre o desespero da madrugada e a agitação quotidiana da manhã. E nada parece urgente neste momento.

2.

Meu amor,

abeiro-me da janela e chove torrencialmente nesta derradeira noite de Outubro. A água escorre como um rio pela rua inclinada e talvez seja a força da corrente que mantém os faróis do teu carro presos na distância. Talvez seja a chuva que te segura algures fora da minha rua, ou a força do vento que te impede de te aproximares. Está deserta, a minha rua inclinada. Vista da minha janela, a rua é um plano vertiginoso, batido pelo vento, varrido pela chuva, transbordando o vazio da tua ausência.

Penso em afastar-me da janela. Mas sei que a sala, inteira atrás de mim, está repleta de sinais teus, de objetos que te representam, até as paredes parecem refletir o teu retrato, branco e transparente. Há ainda um fio de fumo que se solta do cinzeiro onde pela última vez esmagaste um cigarro. O gira-discos repete a última espira de um disco que te esqueceste de tirar. O sofá tem o vinco do teu peso. E, se encostar as costas da mão, sinto ainda o calor do teu corpo, um calor suave como as primeiras noites quentes da primavera, como a luz do sol da manhã a entrar pelas cortinas abertas da janela de um quarto, como a radiação, que se espalha pelo lençol, de um corpo que dorme ao lado do nosso.

Parece que ouço de novo a tua voz, trazida pelo barulho da chuva a bater no telhado, e penso que gostava de me virar e ver-te à porta da sala, o corpo ainda húmido do banho, enrolado numa toalha, os cabelos em desalinho: "vou-me deitar, vens?" E arrependo-me de todas as vezes que respondi "fico mais um pouco", porque sinto que todas essas horas em que me demorei pela madrugada a ler, foi afinal tempo deitado fora, que podia ter passado ao teu lado, na cama. Um desperdício estúpido, agora que o temporal parece reter-te para sempre longe de mim.

Num impulso, pego no telemóvel e corro os menus à procura de chamadas não atendidas ou de mensagens de texto que possam ter chegado sem eu ter reparado. Nada. O telemóvel, sem o mínimo sinal de ti, parece-me uma terrível inutilidade. Abro a vidraça. O vento entra de rompante pela sala, a chuva intensa encharca-me de imediato, e eu fico imóvel, uma mão a segurar o telemóvel, o braço esticado a segurar o fecho da janela para me dar estabilidade, os olhos perscrutando através do manto denso que se abate dentro da sala, à minha frente. Tento marcar um número de telefone, mas o turbilhão que me rodeia não me deixa sequer concentrar, fixar os gestos nas teclas corretas. Sacudo o braço livre em catapulta e atiro o telemóvel, com força, para fora da janela.

Um segundo depois de o ter largado, e mesmo antes de o perder de vista, o visor ilumina-se e ouço o toque de chamada. Ainda me debruço para fora da janela para o tentar apanhar, mas, nesse momento, parece-me que vejo os faróis do teu carro aparecerem ao cimo da rua inclinada. Sim, é o teu carro que desce a rua lentamente. Vejo-te ao volante. Consigo, apesar da chuva e do vento, ver o teu rosto, ver o teu corpo. E precipito-me ao teu encontro.

Santa Fe

Era o final da tarde de um sábado e tu descias a Calle Santa Fe, cheia de jovens e apetecíveis adolescentes.

Tropeçaram-te os passos numa escadaria larga e tu, mais por desfastio do que por qualquer necessidade espiritual, entraste nas portas largas de uma igreja, cheia, àquela hora vespertina, de fiéis devotos. Deste uma volta pelo interior da igreja e descias já os degraus quando te desviou a atenção uma capela que ficava à esquerda da porta, fora da nave principal, mas ainda debaixo das colunatas do frontispício. Foste espreitar, é claro. Era uma capela pequena, à porta a habitual caixa para os donativos. Um altar central com uma imagem do Senhor e, a seus pés, uma mulher muito jovem rezava fervorosamente. De cada um dos lados do altar, duas peanhas, cada uma com seu santo. À esquerda a Mãe de Jesus, à direita um santo trazendo no colo o Menino Deus, à semelhança de António, santo de Pádua e de Lisboa, e que apesar de não encaixar exatamente no teu catálogo mental das imagens de santos, aceitaste ser o santo casamenteiro. Cada uma destas imagens laterais apresentava pedaços de pintura totalmente gastos pelo toque esperançado de milhares de mãos de desamparados como tu, ou mesmo mais do que tu. Na Senhora era uma das mãos e na outra era o joelho rechonchudo do Menino ao colo.

Para além da jovem devota, reparaste imediatamente, na realidade reparaste até antes de entrares na capela, quem sabe até se foi isso que te chamou da rua, em dois homens. Eram dois maricas, um casal provavelmente. De pé, junto à porta, um tipo a chegar-se aos trinta, nem alto nem baixo, entroncado, bigode e cabelo negros e fartos. Vestia calças de ganga, de sarja barata e gasta, uma camiseta que lhe cingia o tronco sem o apertar, e era moreno como os índios que moravam naquela terra antes da chegada dos próprios santos. Braços cruzados no peito, olhava serenamente para o amigo, fugindo-lhe o olhar ora para a rua ora para quem, como tu, se atravessava no seu caminho.

Lá dentro, perfilado de fronte da Senhora, o outro maricas era consideravelmente mais novo, raiava os vinte, mas tinha o rosto cansado e gasto de quem já bebeu a vida em cálices de vários e variados altares, uns mais amargos do que outros. As faces chupadas, os ossos do rosto salientes, o corpo muito magro e seco. Vestia um polo vermelho berrante e esgaçado no colarinho, calças de ganga americanas, muito justas, e sujas de tanto uso. Rezava fervorosamente, como quem pedia em desespero, e ora passava a mão pelo manto suave e colorido da Senhora, ora lhe agarrava a mão manchada, como que a chamar-lhe a atenção para as partes mais importantes do seu relato ou da sua prece.

Depois levantou-se e, sem trocar o olhar suplicante com a ternura um pouco disfarçada do companheiro, foi rezar aos pés de António.

Atrás de ti a rua agigantava-se. Um movimento de grande metrópole, gente, carros, luzes e buzinas, com a cor e o sotaque do súbito entardecer austral. Tu tinhas lido nos guias que a avenida, para além de ser um importante centro comercial dedicado aos jovens, era um dos lugares de engate homossexual. Talvez então, pensaste tu com o sarcasmo a rasgar-te os lábios, esta capela fosse a catedral das mariposas.

Entretanto, a jovem devota levantou-se e, entre fervorosos protestos a toda a santidade presente, beijos nas mãos e toques nas superfícies gastas, saiu da capela, deixando-te sozinho com os outros dois. Ai Senhora dos Desamparados, rezaste tu em silêncio, a lascívia a toldar-te um pouco a capacidade de análise, dai-me forças para aceitar o meu destino como vós queirais que ele seja. Fitaste os olhos do índio, ainda encostado à porta, que desviou o olhar, virou costas, e desceu a escadaria acendendo um cigarro.

Foi então que o mais jovenzito se levantou, chegou-se ao pé de ti e segurou-te na mão. Lias-lhe nos olhos baços e nas faces macilentas a agonia do destino. Mas não conseguias perceber o que dizia, os lábios movendo-se depressa demais, em oração, e em tom suficientemente baixo para conseguir ser ouvido pelos santos, que têm, graças a Deus, ouvidos de tísico, mas não por ti. Continuou a rezar, enquanto te segurava com força a mão e aproximava os lábios, que não paravam de mexer, da tua boca. Sentiste-lhe o hálito, a cigarros e a medicamentos. Não percebias se as palavras que repetia sem cessar, cada vez mais depressa, cuspidas pelos lábios finos e exangues, eram prece ou um insulto. Sentias-te enjoado e ameaçado, tomado por um pânico repentino, e começaste a suar, mas não tentaste afastar a mão que apertava a tua como uma garra.

Nessa altura, já de costas coladas à parede, e apesar de seres bastante maior e mais corpulento, não sentias a força necessária para empurrar o corpo franzino que te empurrava. Pelo canto do olho espreitaste para a rua mas só vias a figura robusta do outro, de costas para ti, os ombros enfiados nos bolsos das calças, o fumo do cigarro soltando-se por entre o cabelo crespo. Foi então que o rapaz parou de rezar, olhou-te fixamente nos olhos e disse qualquer coisa que nem percebeste muito bem mas que agora te parece ter sido «estarei à tua espera, não te demores». Deu-te um beijo na boca. Apesar do hálito um pouco enjoativo, foi um beijo húmido e macio e demorado, que te tranquilizou. Depois saiu porta fora, desceu a escada e desapareceu avenida abaixo, lado a lado com o companheiro.

O coração ainda a tropeçar-te no peito, ficaste sozinho na capela. E passou-te pela cabeça a ideia de que trocarias a tua vida pela vida daquele rapaz que te beijou. Então, tentando organizar mentalmente uma oração, porque os teus lábios não conseguiam articular palavra, pousaste a mão no joelho gasto do Menino.

Chez Toi

Como o próprio título indica, esta história tinha um destinatário, e isso bastava para lhe dar sentido. Mas a casa ficou vazia, e para que as palavras não fiquem a pulsar no vazio, é importante referir que a casa do texto, ainda que inventada, ou sonhada, era a do Saint-Clair Stockler.

1.

Talvez sejam onze e meia de uma noite de início de verão e tu andes a passear pelo molhe sul da barra de Aveiro.

Para trás ficou o bulício dos banhistas na enchente dos cafés, e, molhe fora em direção ao mar, cruzas-te com ocasionais casais de namorados ou grupos desgarrados de rapazes e raparigas. Há uma névoa ligeira que torna ainda mais frágil a luz das estrelas e o luar é apenas um minguado rasto de brilho. Há um certo ponto do teu caminho em que se calam o ruído que vem das ruas, a música e as vozes, e ficas sozinho com o ar fresco que te seca o corpo e te faz sentir mais leve e desprotegido. Caminhas noite dentro e vais reparando nos pescadores que, à luz de um fio de penumbra, consegues divisar lá em baixo, encavalitados nas pedras que sustentam o molhe. Um dos pescadores traz uma lanterna presa à cabeça, não sabes como, não há luz suficiente para ver, e conforme salta de pedra em pedra, como um espectro fugidio, vai iluminando pequenos círculos de luz em seu redor. De vez em quando, o foco da lanterna afasta-se da irregularidade das pedras do molhe e volta-se para as águas escuras. Fincas os olhos, tentando ver por entre o breu, e distingues claramente a capa branca de um livro, ondulando na maré serena. Percebes que o livro é apenas um de muitos, como se alguém tivesse abandonado um monte de livros e cadernos em cima de uma mesa. Mas apenas o primeiro, o livro de capa branca, se recorta com nitidez. Consegues ver distintamente as letras do título. Mas quando te debruças para fora do passeio do molhe e estendes o pescoço para o ler, o pescador volta-se para outro lado e prossegue o seu caminho, saltitando pelas pedras irregulares.

Talvez estejas ao volante de um pequeno Buick vermelho, modelo desportivo, e pelo vidro do para-brisas desfilem os nomes das pequenas cidades que vais cruzando.

Por pequenas estradas estaduais, sobes o vale do Mississipi. Alma e o jardim pendurado no alto de um penhasco, de onde se veem as barcaças largas que cruzam o rio. Um homem aproxima-se e pergunta-te de onde és. Quer saber se a tua terra é muito religiosa e parece ficar satisfeito com a resposta. Afasta-se para ir ter com os amigos e percebes, pelos gestos, que falam de ti. Wabasha, a cidade dos *grumpy old men*, uma ponte de ferro atravessando o rio e cruzada por enormes camiões de grelha reluzente como dentaduras de fogosos alazões. Sais, sem querer, da estadual e perdes-te no emaranhado das ruas desertas da pequena cidade. Passas num cruzamento onde fica um hotel onde uma vez jantaste na companhia de desconhecidos que, caía já a noite, te foram mostrar a meia dúzia de hectares de terra que tinham herdado de um antepassado obscuro, em que planeavam construir uma casa com varanda de onde se visse, e ouvisse, o rio, gigante, lá em baixo. Lake City, onde paras o carro para tentar ver as águias majestosas que dão rosto a um país, mas onde encontras, ao invés, um restaurante Subway com os melhores biscoitos e o melhor café que já alguma vez provaste. Retomas a estrada e afastas-te do rio. Está na hora de regressar a casa, pensas. Diriges em direção a nordeste. Atravessas a pequena povoação de Durand (população 2000) e quando paras no vermelho de um semáforo, quatro galinhas de louça, pintadas de branco com pintas pretas e cristas muito vermelhas, começam a cruzar a passadeira à tua frente. A que segue à frente é maior que as três restantes. Parece que deslizam sem chegar a tocar o chão. Não têm pés e o seu tronco bojudo é como a almofada de ar de um *hovercraft* e é isso que as faz mover. Olham sempre em frente, de porte altivo, sem voltar a cabeça para ti, não para te ignorar, mas como se quisessem que tu pensasses que elas estavam a fingir que te ignoravam. No momento em que as galinhas desaparecem do lado do passeio, a luz do semáforo muda, mas em vez de ficar verde ou amarela, desenrola-se do cabo que sustenta o sinal, um painel de cortiça, ao qual, presos com alfinetes azuis, estão recortes de jornais, postais, contas por pagar, desenhos. Atrás do painel de avisos há um quarto e tu reparas que está alguém deitado na cama. Só se vê uma parte do corpo, a linha curva de um ombro, a fita estreita de um antebraço deitado por debaixo do tronco e a mancha escura do cabelo. No momento em que te debruças para a frente, quase batendo com a testa no vidro do para-brisas para tentar descortinar mais acerca da figura deitada, um camião parado atrás de ti no semáforo toca furiosamente a buzina e tu arrancas.

Talvez seja de madrugada e tu estejas sentado em frente ao cintilar brilhante de um monitor de computador.

O sol vai pegando labaredas ao ar frio da noite e, aos poucos, a luz do dia entra pelas frinchas da janela do quarto onde estás sentado em frente ao computador. Estás há horas na mesma posição, os teus olhos são globos de ardor e lágrimas, mas, à tua frente, o ecrã do computador permanece imaculadamente vazio. Não sentes sequer desespero. Sentes-te como o leito seco de um rio que já nem guarda memória das águas frondosas que corriam entre as suas margens. Ao longo de todas as imensas horas da madrugada, o ruído da noite vibrou nos teus ouvidos, e tu aceitaste-o como música, a melhor alternativa à ensurdecedora ausência de palavras que são os teus dedos. Tu pressentes que há um texto que se inscreve no brilho cintilante do monitor, mas é invisível à tua memória, não escorre para os teus dedos feito linhas e caracteres, as teclas do teclado estão inevitavelmente imóveis. E então tu sentes uma enorme e profunda calma, uma serenidade tão grande que num ponto da tua testa, equidistante dos teus olhos, desdobra-se um imenso prado verde, que desce numa encosta suave, e lá ao fundo um curso de água, uma corrente mansinha e saltitante que te chama como uma promessa e tu desces pelo prado, minúsculas pétalas de margarida esvoaçam leves ao teu redor, o teu corpo é uma almofada de ar que desliza, empurrada apenas pelo seu peso quase nulo e pela brisa provocada pelo bater das asas dos insetos. Com um marulhar de chapa quase inaudível, tu entras na água, flutuas ao sabor da corrente, que te leva rio abaixo como se estivesses dormindo. Sentes o teu corpo envolto em água, água fresca como o primeiro copo de água que mata a sede, e estás irreprimivelmente feliz, és água por fora e água por dentro, e nunca te sentiste tão confortável e aconchegado, os teus membros são extensões da água, as tuas pernas são a cauda carnuda de uma sereia, os teus braços são barbatanas que refulgem ao primeiro raio de sol da manhã, os teus cabelos são limos viscosos e suaves como seda, os teus olhos são berlindes marinhos e os teus lábios bebem toda a água que os teus pulmões suportam. À tua frente, no meio do caudal do rio, apresenta-se aquilo que te parece um altar. Ao centro há um tabuleiro de xadrez. Há um sino sereno e ferroso como uma âncora. Há duas imagens de santas, azuis como a cor das águas, as vestes esvoaçantes como a corrente. Há um copo de berlindes, que são belos e coloridos como os olhos que os cegos têm quando sonham. Há um pequeno buda de louça, branco como o teu passado, que te sussurra ao ouvido canções de embalar e rimas infantis. Há uma moldura onde estão duas fotografias tuas: numa estás sempre a envelhecer, na outra rejuvenesces continuamente. E há um brinquedo de madeira onde estão inscritas as impressões digitais dos dedos da tua mão de quando eras criança. Atrás do altar há um espelho e tu percebes que o espelho reflete alguém que não és tu, talvez alguém que esteja atrás de ti e se debruce para a frente, enlaçando-te com os braços. Numa das mãos segura um maço de folhas todas escritas, umas impressas, outras manuscritas, e tu sorris porque percebes que te trazem o texto que estava inscrito no monitor em branco, de cintilante brilho, do computador. Na primeira página, em letras maiúsculas, o título do livro. Que vais começar a ler quando o leito do rio se transforma numa cascata imponente e altíssima e tu sentes o teu corpo a ser sugado para o vazio.

2.

Abro os olhos e percebo que há alguma coisa de diferente. A brancura do teto. Como se fosse uma pele diferente, as manchas mudaram de posição e forma. Ou como se olhasse pela primeira vez uma nova face da lua, com novos mares e novas montanhas, com novas sombras. O teto é branco, liso e quase intacto, mas são essas manchas, próprias do envelhecimento, da usura do tempo, que mudaram. Tenho a certeza, baseada num pressentimento, de que alguma coisa mudou, de que tudo mudou. O ar à minha volta, o ar que respiro, é estranho. Outro. Levanto-me. Não reconheço o quarto onde estou, não sei que vista se alcança da janela cerrada, ou que mundo está para lá da porta. Estas paredes são-me completamente estranhas, a roupa atirada sem cuidado para cima de uma cadeira, um par de sapatilhas tombadas uma por cima da outra, descalçadas à pressa sem a ajuda das mãos. Há, no entanto, uma vaga e muito ténue impressão de familiaridade, como se as roupas, os objetos, as estampas penduradas de forma descuidada na parede, não sendo minhas, pudessem sê-lo. Irresistivelmente, aproximo-me de uma enorme estante de livros. Não li a maior parte, mas, correndo as lombadas, reconheço-os quase todos. Poderiam ser os livros que eu deixo acumular dentro dos sacos de plástico das lojas onde os compro, à espera de vez para serem lidos. Sinto um calafrio: os livros que eu deixava acumular, quando acordava e reconhecia as manchas do teto, as manchas velhas e familiares como a pele manchada das minhas mãos. A pele das minhas mãos. Olho para elas com horror, a pele das minhas mãos está lisa e elástica como eu já não me lembrava que alguma vez tivesse estado. Estão maiores as minhas mãos, mais largas, seguram melhor e com maior firmeza a maçaneta da porta. Esta maçaneta, desta porta, diferente da que eu segurei a vida inteira para abrir a porta do meu quarto depois de acordar. Hesito. Abro, não abro. Sou tomado pelo medo, um medo irracional, a certeza aguda e clarividente de que mudou alguma coisa, mas uma mudança radical, absoluta. Medonha, mas ao mesmo tempo fascinante. Sei que se abrir a porta, se sair para o mundo que se estende para além dela, este meu novo e diferente acordar será irreversível. Por um instante, penso na hipótese de estar a sonhar. Acontece-me, algumas vezes, conseguir desacreditar o absurdo de um sonho, ao ponto de tomar consciência de que estou a sonhar, e acordar em seguida. Estou a sonhar, é isso, repito para mim próprio. Este absurdo, esta loucura, só pode ser um sonho. Mas no momento em que repito em voz alta que estou a viver um sonho, rodo a maçaneta da porta, que se abre para um corredor. A luz fere-me os olhos, que fecho com força, para logo os abrir em seguida. A luz é diferente. É uma luz nova, ampla, que inunda por completo o corredor à minha frente. Pela primeira vez forma-se no meu cérebro uma palavra: austral. É uma luz austral. Aliás, o ar, que eu sentia diferente, é austral. Um ar quente e húmido, sempre à beira de ser mais pesado do que leve, mas ainda assim para cá dessa fronteira que torna irrespiráveis certos lugares. Austral como a luz. A luz austral parece ter densidade, como se fosse palpável. Uma luz que se atravessa, que se toca com as mãos. Avanço pelo corredor. Dou uma canelada numa arca de madeira, das que se usavam antigamente para guardar a roupa fora da estação, com sacos de alfazema e remédio contra a traça. Em cima da arca há objetos espalhados com algum método: um tabuleiro de xadrez com as peças colocadas nas posições de abertura, estátuas de santas, um pequeno sino de ferro, berlindes de vidro colorido num copo, um buda de louça, duas fotografias numa moldura, um brinquedo de madeira. Pendurado na parede por cima da mala, há um espelho. O meu coração começa a bater desenfreadamente com a expectativa de me ver refletido no espelho. O coração bate cada vez mais, consigo ouvi-lo bater nos ouvidos, nas têmporas, nas veias e nas artérias do corpo todo. Só há uma forma de ultrapassar este ataque de pânico: passar rapidamente em frente ao espelho sem olhar para ele. É isso que faço, e depois paro uns momentos para recuperar o fôlego e a força nas pernas. Prossigo pelo corredor. No parapeito da janela que o ilumina, há quatro galinhas de louça, maior a da frente, mais pequenas as restantes, pintadas de branco com pintas negras e as cristas vermelhas. A luz fortíssima encandeia-me quando tento olhar através do vidro. Apenas consigo distinguir os contornos a perder de vista de uma cidade. Mais à frente, no corredor, há um painel de avisos ao qual estão presos, com alfinetes azuis, recortes de jornais, postais, contas por pagar, desenhos. Atrás do painel, deparo com a porta aberta de um quarto. Há alguém deitado na cama. Um homem, a adivinhar pelo ombro despido e pela sombra crespa do cabelo. Apetece-me entrar no quarto, aproximar-me do corpo adormecido, voltá-lo para admirar o rosto que adivinho belo. Em vez disso, prossigo pelo corredor até entrar numa sala ampla e muito iluminada. No centro do compartimento há uma mesa onde está uma pequena pilha de livros e cadernos. Pego no de cima, de capa branca, desfolho-o e começo a ler. Todas as palavras, as frases, os parágrafos, são-me familiares, como se tivesse sido eu a escrevê-las. Volto as páginas, avanço os capítulos, tudo faz sentido, sobretudo a história: é a narrativa que eu ando há tanto tempo a tentar escrever, cujos contornos estão claramente definidos na minha cabeça, mas que não tenho conseguido transformar em texto, apesar das noites e das madrugadas sentado, em desespero, em frente ao computador. Aqui está ele, um romance pronto, completo, editado em livro, o título, que eu já tinha definido, recortado na capa em letras maiúsculas. Apenas o nome do autor não é o meu. Não o reconheço, não é o de nenhum dos muitos escritores que conheço. É, aliás, um nome que não me serve, que nem sequer consigo ler distintamente. Volto a contracapa e, junto de uma pequena sinopse do romance, um texto muito curto que eu tinha enviado a um editor quando me propus escrever o livro, uma biografia estranha, correspondente ao nome extravagante do seu autor. Mas, encimando a mancha do texto, um pequeno retrato a preto e branco da minha cara. Um retrato já antigo, é certo, mas o meu retrato. Aquele ali, dando rosto a um nome alheio, sou inequivocamente eu. Largo o livro em cima da mesa e regresso, em passada rápida, pelo corredor. Passo pelo quarto da porta entreaberta, onde a cama está agora vazia. Chego junto ao espelho por cima da arca, no corredor, e volto-me. Contemplo, então, e pela primeira vez, o meu rosto.

Felicidade

Ao José Leitão.

Encontrávamo-nos todos os dias à mesma hora no parque público em frente ao palácio da independência. Sempre à mesma hora. Parece que quanto menos temos que fazer, mais nos apegamos a rotinas e horários. E eu adaptei-me depressa à obsessão oriental pelas rotinas, sobretudo ao costume vietnamita de temperar a dolência com que os homens e os rapazes passam as horas e os dias, com a disciplina auto imposta de cumprir determinadas tarefas, particularmente as mais irrelevantes, sempre do mesmo modo e à mesma hora.

Sempre temi o envelhecimento, mesmo tendo em conta que hoje em dia somos jovens até ao dia em que, octogenários avançados, perdemos o controlo dos esfíncteres. E sempre achei horrorosa a fatalidade do destino que leva todos os homens homossexuais a ficarem parecidos uns com os outros, e todos com ar de bicha, a partir dos cinquenta anos. Por isso, nas vésperas do meu cinquentenário, e quando o espelho me devolvia ainda uma réstia de espírito crítico, abri em cima da mesa todas as minhas recordações de viagens e decidi que o sítio mais decente para eu envelhecer tranquilamente seria a Indochina.

Conheci-o poucos dias depois de chegar a Saigão (nenhum vietnamita da cidade a trata pelo nome oficial, Ho Chi Minh City, mesmo os que ainda se lembram de respeitar a memória do fundador da república popular), logo na primeira manhã em que acordei no minúsculo apartamento que consegui arrendar no centro da cidade. Como tinha a despensa vazia, saí para tomar o pequeno-almoço e acabei no parque, a comer um arroz no vapor com ovos mexidos. Ele aproximou-se e meteu conversa, com uma descontração muito própria dos orientais, que conseguem ser tão descontraídos como, se for caso para isso, desconfiados.

Claro que, como também é habitual, as primeiras frases foram exploratórias de uma qualquer oportunidade de negócio. Apesar de o comunismo ainda ser, nessa altura, a religião oficial do Vietname, há sempre um negociante em cada vietnamita e isso, aliado às difíceis condições de vida no país, faz com que um estrangeiro, para mais um homem de meia-idade desacompanhado, seja sempre uma promessa de ganhar alguns dólares extras. Fez-me, por isso, e sempre com simpatia, as perguntas da praxe. Se estava a gostar de Saigão, se estava de férias, se estava com a família ou sozinho, entrando depois, com a subtileza possível, e sempre com uma certa elegância muito característica, nas questões essenciais: se eu precisava de alguma coisa que ele me pudesse arranjar, se eu queria alugar a sua mota e os seus serviços de motorista para passear pela cidade, propôs-me conhecer, primeiro, as amigas, as *lady friends*, e depois os rapazes, terminando com uma insinuação, não tão discreta como isso, aos diversos tipos de drogas que me podia arranjar.

Lá fui rechaçando as propostas com a delicadeza possível e ele, ao fim de uns minutos, soltando uma gargalhada malandra, recomendou que me divertisse em Saigão, disse que tinha de ir tratar dos negócios e afastou-se com um aceno. Já a uns passos de distância voltou-se para trás, para se certificar de que eu o seguia com o olhar, largou novo aceno e gritou que nos veríamos no dia seguinte. E com efeito, quando dois ou três dias depois regressei ao parque mais ou menos à mesma hora, mal me sentei num banco, ele apareceu, sorridente, ao meu lado.

Se somos estrangeiros em Saigão, aprendemos depressa que a primeira pergunta que nos fazem, trate-se de estranhos, de conhecidos ou mesmo de empregado de hotel, é se precisamos de alguma coisa, se nos podem ajudar. Claro que é uma maneira de ser simpático e atencioso para com os turistas, mas dito da forma como eles o fazem, com um sorriso malicioso que não consegue disfarçar uma ponta de manha, a pergunta transforma-se numa fórmula mágica que abre todo o tipo de possibilidades. Era sempre com essa pergunta que ele me cumprimentava, mesmo quando nos passámos a ver habitualmente.

Nunca soube ao certo o seu nome. Ele começou por me tratar por Jony, porque achava o meu nome complicado, mas lá acabou por aprender a pronunciá-lo, e adorava repeti-lo vezes sem conta quando conversávamos, num inglês macarrónico e desenrascado: "*hey Miguel, you think is gonna rain today, Miguel?*" Quanto ao seu nome, nunca o consegui convencer a dizer-me outra coisa que não fosse... Jony! Mesmo quando lhe perguntava a brincar se também se chamava Nguyen, como grande parte dos vietnamitas, ele dava uma gargalhada e dizia: "*I told you Miguel, my name is Jony, always Jony*".

Durante os quase vinte anos que vivi em Saigão, foram raros os dias em que não me encontrei com Jony. Conheci-lhe a família, fui à festa do seu casamento, peguei nos filhos ao colo e brinquei com eles enquanto cresciam. O facto de nele o envelhecimento ser muito subtil constituía um contraponto fascinante à minha rápida degenerescência de ocidental desregrado e decadente. Mas o que mais me fascinava eram os nossos encontros diários, quase sempre no mesmo banco do jardim, quase sempre à mesma hora. Eu chegava, sentava-me a ler um dos jornais ingleses que se conseguem comprar em Saigão, ou fazia uns breves exercícios de Tai Chi que ele me ensinou, e, sempre parecendo que se materializava vindo do nada, ele aparecia ao meu lado. Conversávamos, contava-me as novidades da família ou dos negócios, comentávamos algum facto digno de registo da atualidade, ele brincava comigo, gozando ora com as minhas peculiaridades de ocidental, ora com as limitações do meu envelhecimento progressivo, ora, mesmo, com os olhares, que eu não conseguia evitar, na direção de algum rapaz que passasse. E, ao fim de uns minutos, ele dizia-me sempre com o mesmo ar um pouco travesso que tinha de ir tratar dos negócios e desaparecia.

À luz limpa das primeiras horas da manhã, coada pela humidade fresca do jardim, entre o chilreio das aves e o barulho surdo do tráfego incessante de Saigão, Jony foi o melhor, se não o único, e o mais verdadeiro dos amigos que tive em toda a minha vida.

O Vira-Pautas

Sentava-se no banco com as costas muito direitas, mas, aos poucos, o vira-pautas ia perdendo o controlo do seu corpo e abandonava-o completamente ao êxtase da música. Ao seu lado, o pianista, a estrela da noite, fechava-se num mundo só dele, todo dobrado sobre si e sobre o teclado refulgente do piano, e as suas mãos, nos poucos momentos em que se despegavam das teclas, pareciam borboletas que tateavam um voo breve por sobre a negritude do casaco, da tampa do piano, do palco.

E então o vira-pautas tomava conta do palco, indiferente aos olhares que, de súbito, e à falta de outro motivo de distração, se concentravam por completo na sua dança subtil.

Primeiro, era um arquejo das sobrancelhas, a marcar uma nota mais aguda. O vira-pautas ficava ali em cima pelo tempo de uma suspensão, a cabeça parada na ponta do pescoço esticado, como se um pássaro se lembrasse de paralisar o seu movimento durante o voo. Depois, aos poucos, despedia-se da adolescência, e o seu corpo, ainda mal refeito da surpresa de ter consciência da sua existência física, hesitava entre a livre disponibilidade dos jogos e a madura sensualidade da sedução.

Um movimento quase impercetível da cabeça, que se levantava do pescoço esticado como a cabeça sempre atenta de uma gazela assustada. A seguir, as costas dobravam-se num lânguido abandono. O vira-pautas parecia inebriado, não tanto pela música mas, sobretudo, pela antecipação que era capaz de adivinhar lendo os símbolos da pauta, dos movimentos do pianista, do ondular dos seus ombros, do voo picado das mãos, do martelar rasante dos dedos.

A tempos, o vira-pautas recuperava a compostura, reganhava consciência do seu verdadeiro papel, dir-se-ia, no mundo, mas na verdade apenas no palco. Levantava-se, e segurando a banda do casaco com uma das mãos, debruçava-se na perpendicular superior ao teclado, os olhos atentos à passagem das notas pelas linhas da partitura, esticava o braço e virava, suave mas com um gesto preciso, a folha de música.

E voltava a sentar-se, as costas esticadas primeiro, a cabeça a espreitar um horizonte imaginário, depois a curva a acentuar-se, o rosto ao mesmo tempo fechado, para a plateia, mas aberto para as possibilidades quase infinitas que o pianista, executante exímio, abria, não exatamente à sua frente, mas a três quartos. Por vezes, pareciam dançar um *pas-de-deux*, numa sincronia de recorte quase olímpico, o pianista a balançar o corpo para a frente ou para os lados e o vira-pautas, adivinhando-lhe os movimentos pela simples leitura dos sinais registados na pauta, seguindo-o como um patinador que desliza pelo gelo colado ao seu par.

Apercebendo-se da iminência apoteótica do final da peça em execução, o vira-pautas readquiriu a rigidez da postura, o rosto impassível de atenção e da aguda consciência da total subalternização do seu papel no palco, ao ponto de ser quase uma coisa nula.

O concerto terminou. O pianista, exibindo um cansaço todo feito de entrega e sublimação, agradeceu os aplausos. Atrás do piano, quase cosido ao pano de fundo, o vira-pautas também batia palmas, os olhos felizes postos nas costas do pianista. Seguiu-o, como uma sombra quase inexistente, para fora do palco, mas já não regressou para receber mais aplausos e para um reclamado *encore*. Perdeu assim, o vira-pautas, a oportunidade de perceber que pelo menos um par de mãos batia palmas à radiante luz do seu rosto jovem.

Elvis sobre a Baía de Guanabara

Elvis voava sobre a Baía de Guanabara. Eram seis e quarenta e cinco da manhã, eu levantei-me para ir beber um copo de água e abeirei-me da janela do quarto do hotel, atraído pela primeira luz da aurora que atravessava as cortinas. E vi claramente Elvis voando sobre a Baía, desde o Pão de Açúcar até à Ilha do Governador, planando rasante sobre o Aterro de Botafogo. Usava um dos seus fatos brancos com incrustações brilhantes, da fase Las Vegas, que refulgia aos primeiros raios de sol, e aproveitava as mangas em asa de morcego para ganhar sustentação.

Afinal, todos aqueles relatos de avistamentos não eram o produto de férteis e tresloucadas imaginações. Com efeito, eu, que me considero a mais racional das criaturas, estava ali, na janela rasgada de um dos pisos cimeiros de um arranha-céus, a ver Elvis evoluir em elegantes piruetas aéreas. Poderia comprar a camiseta a dizer 'Elvis está vivo. Eu vi-o'. Dispus-me mesmo, ainda que um pouco turvo pela brevidade da hora, e até talvez pela suavidade branca da luz matutina, a participar com o meu testemunho em programas de televisão habitualmente ocupados por pessoas que eu, em horas mais clarividentes e analíticas, não recuso apelidar de paranoicas.

Não sei se foi do clima ou se aconteceu mesmo, mas a verdade é que, enquanto assistia ao voo de Elvis no céu austral da cidade, de dentro da divisão chegava-me, baixinho como um rádio ligado num quarto ao lado, a voz de Elvis cantando *'Are You Lonesome Tonight'*. Concedo porém: se a visão de Elvis a voar era para mim tão real como a mais primordial das células do meu corpo, admito que a canção pudesse estar a ser tocada nalgum recesso profundo do meu ouvido interno. Parecia real, repito, e todos sabem como a voz de Elvis é inconfundível e como enche o ar pesado e vazio que nos rodeia, mas, dada a hora e a minha estupefação perante a fantástica, todavia tangente, visão de Elvis a voar, até acho possível que a canção apenas pudesse estar a ser tocada no meu sistema nervoso central. É de afirmar, no entanto, que se ouvia cada vez mais alto e distintamente, como se o vizinho do quarto ao lado, despertado pela voz grave do rei, tivesse aumentado um pouco o volume da telefonia.

E debruçado na janela, os olhos colados à silhueta esvoaçante de Elvis (sem ironia, sobrevoava agora o aeroporto Santos Dumont), e os ouvidos totalmente submersos na sua voz, sinto uma sombra atravessar o canto dos meus olhos. Por um segundo, hesito em ficar a olhar para o céu, cada vez mais irisado pelos raios solares da manhã, ou em voltar a cabeça para o interior do quarto. Não resisto, como é natural. E reparo na mancha vazia e marron que desalinha os lençóis no lado da cama que não ocupo. Será possível que alguém tenha dormido ao meu lado esta noite? Apuro o ouvido na busca dos sons que os corpos sempre fazem quando se deslocam no interior das casas. Nada, apenas a voz de Elvis no rádio do vizinho. Abro bruscamente a porta da casa de banho. Vazia, claro. Mas essa mancha escura de pele no lençol, então, como explicá-la?

Faz-se silêncio, de novo, nos corredores e nos quartos vizinhos do hotel onde pernoito insone. Corro à janela, a tempo de ver a fugaz e esvoaçante figura de Elvis desaparecer para os lados do Arpoador. Volto à cama. Sacudo os restos da mancha vazia e acastanhada, e aliso o lençol no lado da cama que não ocupo. Fecho os olhos e sinto-me sereno. Sereno e satisfeito, pela certeza de que vi Elvis voar, vivo e reluzente aos primeiros raios de sol do dia, sobre a Baía de Guanabara. Adormeço um segundo antes de o despertador começar a tocar.

Quatro Canções

1.

Haverá com certeza uma canção popular que fale do último dia que vivi sem ti. Uma canção que fale do meu quotidiano monótono e rotineiro, que conte com pormenores maçadores o que foi essa sexta-feira.

De como me levantei à hora de sempre, de como apanhei o comboio pontual e de como subi para a carruagem do costume, de como me sentei de costas para o mundo e abri a página do *best-seller* que tinha comprado uns dias antes no quiosque da estação, de como cada livro, não importa que seja muito grande ou mais pequeno, demora cerca de uma semana e meia de viagens de comboio matinais, de como cheguei à baixa e tomei o pequeno-almoço no lugar habitual, de como o empregado me lançou um olhar de reconhecimento sem jamais dar a entender que a minha presença ali, sempre à mesma hora, há tantas semanas ou meses ou anos, lhe é familiar, de como entrei no escritório e liguei o computador, vi o correio eletrónico onde o número de mensagens pessoais de amigos e colegas ultrapassa sempre, largamente, o número de mensagens profissionais, de como me ri com as últimas anedotas e me distraí com um MPEG interessante e com um jogo muito simples que alguém me enviou, de como peguei na cesta dos registos e passei a maior parte da manhã a carregar maquinalmente sempre nas mesmas teclas, a tecla do *enter* que de tão usada está gasta, castanha e ilegível, de como fumei um cigarro a olhar de forma ausente para a máquina do café e para os braços de um colega, de como almocei, desta vez com companhia, num dos três restaurantes onde almoço habitualmente, e habitualmente sozinho, de como passei a tarde a tentar fazer o menos possível, é quase tradição fazer o menos possível nas tardes de sexta-feira, de como saí às cinco e meia depois de verificar mais uma vez o correio e ter constatado que ninguém me tinha escrito a propor um programa para a noite, um porque anda a estudar para exames, outro porque está no Algarve a fazer um projeto qualquer e outro porque foi desaparecendo devagarinho de cena e do mapa, de como me enfiei num centro comercial e vi dois filmes seguidos, e não sou capaz de me recordar que filmes foram, com quem eram, de que género, sei que estive enfiado em salas escuras mais de quatro horas, só com um intervalo para uma sopa rápida, de como apanhei o comboio de regresso já deserto àquela hora, porque sendo sexta-feira ninguém decente, com vida própria, com amigos, com namoro, com família, viaja àquelas horas de comboio, de como entrei em casa feliz por ser fim de semana, de como despi a roupa de trabalho, de como fiz uma tosta e bebi um copo de leite, de como olhei para o jornal que tinha comprado para me distrair na viagem de regresso e constatei que não iria dar nenhum filme de jeito na televisão e com o regresso tardio não tinha conseguido passar pelo clube de vídeo, de como me deitei a ouvir a chuva a bater na janela, que tinha súbita e inesperadamente começado a cair no final daquela sexta-feira de fim de verão, e de como finalmente adormeci.

Não faz parte dos cânones das canções populares que as pessoas solitárias e em estado mais ou menos grave de carência emocional se sentem em frente aos seus computadores domésticos, em vez de se deitarem a ouvir na escuridão a chuva a bater na janela, enfiem um CD qualquer no leitor de CDs, e se liguem às salas de *chat*, na esperança um pouco patética e desesperada de encontrar alguém, que goste igualmente de cinema, de jazz, de romances norte-americanos e poetas portugueses, com quem passar um bom bocado de conversa, que pode vir a culminar num café para se conhecerem, ou mesmo num cinema, de quem se tornem 'amigos ou algo mais', ou mesmo na esperança, ainda mais patética e desesperada, de duas horas de urgência e calor que acabem em manchas no lençol que é preciso levar à lavandaria porque a mulher-a-dias é a mesma que vai a casa dos pais e o menos que se deseja é falatório e comentários.

Pus um CD a tocar no leitor de CDs do computador, liguei-me à *net*, entrei numa sala de *chat* e abri o *site* dos meus jogos favoritos, sempre se batem uns recordes enquanto não aparece alguém interessante para teclar. Passou um grande bocado, houve tentativas de conversa que não deram em nada e conversas que nem tentativas foram, e quando estava quase a bater o recorde do meu jogo preferido, o computador fez o sinal sonoro de um contacto novo. Pus o jogo em pausa, abri o *chat*, e reparei na alcunha que não me dizia nada, mas de que não me esqueço: 'amor_eterno'. 'Boa noite', apareceu escrito no monitor. Posicionei o cursor, teclei 'olá, boa noite, tudo bem?' e carreguei na tecla *enter*.

2.

Quando desliguei o computador olhei para o relógio: eram cinco da manhã. As horas tinham passado como as águas de um rio que não raspam nas pedras do fundo e se precipitam em catarata. E eu dançava como se os meus pés não tocassem o chão, como se as frases que escrevias fossem os teus braços, e tu com eles me segurasses, me enlaçasses pela cintura, e eu me deixasse conduzir, rodopiando e flutuando pelo tapete da noite.

Eu seguia-te como um cego, preso às frases que cintilavam no ecrã do monitor. Eu era um tipo maduro, quase um quarentão, tinha batido em muitas portas, entrado em muitas casas, sentado em muitos sofás, bebido muitos uísques, amado em muitas camas, ou nem por isso, mas era a primeira vez que alguém me falava assim, ou seria apenas, mas apenas parece uma palavra tão frágil, a primeira vez que eu ouvia alguém falar-me assim. Não há amor à primeira vista, todos o sabem, mas há amor ao primeiro som, amor à primeira palavra, amor à primeira frase que cintila num ecrã de computador, uma estrela da noite, uma estrela na noite, a luz de um farol numa costa de escarpados segredos, uma canção que se ouve pela janela aberta de um carro que passa veloz e sabemos que aquela canção que nem chegámos a ouvir nos era dedicada como nos programas radiofónicos de discos pedidos.

E às cinco da manhã eu estava pronto para recomeçar a dançar, para recomeçar tudo outra vez desde o início, e dançaria ainda toda a noite, ou o que restava dela, e a madrugada das promessas vistas sob a crueza da primeira límpida luz, pronto para te suplicar por mais, e espraiar as minhas asas e levantar voo, porque quando as tuas palavras, quando o som adivinhado das palavras que escrevias, me tomaram nos braços e começámos a dançar, eu soube que poderia dançar contigo toda a noite.

Depois veio o sábado, e veio o domingo, e todos os gestos tinham já o som das palavras que eu ainda não tinha ouvido, até que ao final da tarde já não podia esperar mais e saí de casa, guiei até um parque de estacionamento junto a um centro comercial antigo, que já tinha sido há muito abandonado de clientes e dinheiro, e aos poucos foi também sendo abandonado de lojas e automóveis estacionados. E estacionei o carro, desliguei o rádio, olhei para o telemóvel e pensei que tinha chegado a hora: marquei o teu número e tocou e tu atendeste.

E a primeira palavra que te ouvi pronunciar foi "estou" e eu disse "sou eu" e tu disseste "eu sei que és tu" e eu perguntei "como é que sabias que era eu?" e tu respondeste "porque não reconheci o número e pensei que só podias ser tu e tinha a esperança que fosses tu" e eu disse "finalmente ouço a tua voz" e tu perguntaste "e então" e eu respondi "é linda" e tu disseste "tu és lindo" e eu ri-me e disse "e tu tens a conversa toda" e tu disseste "mas tu gostas da conversa toda" e eu respondi "adoro a conversa toda" e tu perguntaste onde é que eu estava e eu respondi que estava em tal sítio assim assim, e tu disseste que sabias onde era e perguntaste se eu queria que tu viesses ter comigo e eu disse que tu eras louco que estavas a mais de cem quilómetros de distância, e tu disseste que não fazia mal, que vinhas à mesma ter comigo, que era só o tempo de por o carro a trabalhar e que vinhas logo ter comigo e eu perguntei se tu estavas a falar a sério, e tu respondeste a rir que claro que estavas a falar a sério, que querias estar comigo.

Depois chegou quarta-feira e sempre que eu abria o correio eletrónico tinha uma mensagem tua. Respondia, e passado um bocado tornava a abrir a caixa do correio e já tinha outra mensagem tua. E mandaste-me uma fotografia tipo passe em que tinhas o ar composto que todas as pessoas têm nas fotografias tipo passe, e eu fiquei a olhar para a fotografia, a rejubilar com a aparente normalidade do teu ar composto. E nessa quarta-feira tornámos a falar ao telemóvel e depois de te rires e dizeres frases sedutoras, disseste num tom grave e rouco, que precisavas de me ver, de saber como era o meu aspeto, porque estavas quase a passar por um ponto de onde não há retorno, mas que só podias passar esse ponto depois de saberes como é que eu era. E combinámos que nos encontraríamos no sábado seguinte, e que eu iria ter contigo.

E no sábado seguinte eu fiz, pela primeira de centenas de vezes, a viagem de autoestrada que redesenharia para sempre o mapa viário do meu coração.

E encontrámo-nos e fomos para uma praia e estava um dia de neblina, e as pessoas passeavam os cães pelo areal, e havia ultraleves a levantar voo e a aterrar por detrás das dunas ao fundo da praia. E foi nesse dia que tu me pediste para eu tirar os óculos e com o dedo indicador e o polegar tiraste uma pestana do meu rosto e a pele dos teus dedos queimava. Os teus lábios queimavam. A tua pele queimava. Os teus cabelos queimavam. As tuas pernas queimavam. O teu ventre queimava. Cada milímetro quadrado da tua pele queimava. Cada milímetro quadrado de ti queimava.

Ofereci-te um disco. Puseste-o a tocar no leitor de CDs. Começámos a dançar e eu soube que poderia dançar contigo a noite toda.

3.

Vem vem vem vem vem vem vem vem vem vem vem vem vem vem vem.

Atendi o telemóvel e do outro lado a voz de uma cantora a pedir, a convidar, a suplicar, a ordenar.

E eu metia-me no carro, avançava pela autoestrada, e encontrávamo-nos em todos os lugares possíveis, em centros comerciais, em pastelarias, em sítios isolados, em descampados, em áreas de serviço, em postos de portagem, em parques de estacionamento. Ou na tua casa.

Havia um ritual para pôr em funcionamento a tua casa onde não vivias e que usavas esporadicamente. Lembro-me de pensar, a primeira vez que lá entrei, que era uma casa para os teus encontros amorosos, mas nunca mais pensei nisso, apesar de ser, como se eu fosse a prova instrumental, verdade.

Entrávamos e havia uns cinco ou seis degraus que desciam para uma sala, e nós amávamo-nos logo ali nessa pequena escada, sentíamos no corpo do outro a distância, os dias da distância, a inevitabilidade de estarmos longe, ou então a inevitabilidade de ser a lonjura a marcar os nossos encontros, como se estarmos longe um do outro fosse a razão que nos aproximasse. Despíamo-nos na sala, na marquise, nos estores corridos, no quadro da parede da sala iluminado por um foco, despíamo-nos pelo corredor a caminho do quarto, despíamo-nos na minúscula janela da casa de banho que estava sempre aberta, despíamo-nos nos respiradouros por onde nos chegavam as vozes e os barulhos da vizinhança (e gozávamos a possibilidade de chegar até eles o barulho que fazíamos a despirmo-nos) e espalhávamos as roupas cuidadosamente pelo chão, e tu arrumavas descuidadamente a tua roupa no roupeiro, e corrias as tiras do estore, e deitávamo-nos até ser depois.

Lá fora, o Inverno ia-se aos poucos instalando, fim de semana após fim de semana. Saíamos para jantar nos restaurantes quase vazios de uma localidade à beira-mar. Era uma praia, uma terra pequena onde se alugavam casas às quinzenas, e onde havia *snack-bars* cheios de grupos de jovens e enormes televisores que passavam *videoclips* ou desafios de futebol, e era nesses bares onde por vezes jantávamos, ou numa *pizzeria* junto ao mar. A neblina fria da noite, iluminada pelos candeeiros de luz amarela, fornecia o cenário perfeito para os nossos passos rápidos, cruzando a rua pedonal, sem nos tocarmos mais do que o necessário para nos sabermos ao lado um do outro e amorosamente juntos.

Dávamos uma volta de carro, tu fumando cigarros e eu fumando os teus olhos, o estéreo do carro a passar cassetes que eu trazia, os faróis do carro iluminando desertas estradas florestais por onde eu achava que não devíamos andar, mas por onde me levavas, estabelecendo e definindo uma geografia que tu parecias ter desenhada com rigor e que eu, até hoje, nunca fui capaz de perceber. O que significavam essas noites, os quilómetros postos no carro a gasóleo? Por onde me levavas? Para onde me levavas? Era como se fugíssemos, mas não havia nada do que fugir. Era como se, agora que penso nisso talvez o perceba, não sei, ao andarmos de carro horas perdidas sem destino certo, evitássemos estar parados num sítio onde tu talvez não quisesses estar parado, mas talvez nada disto faça qualquer sentido, ou então não faz um sentido que eu perceba.

Regressávamos a tua casa já a noite ia mergulhando na madrugada e eu pedia-te para irmos pelo caminho da praia, queria ver as ruas desertas, ainda hoje parece que ao colocar-me contra o vazio me vejo melhor. Nos vejo melhor.

Lá fora a noite fria, o ar gelado entrando pelas frinchas da roupa, e nós na caldeira da noite.

Adormecer e sonhar. Eu queria adormecer nos teus braços e sonhar, como se diz nas canções populares, mas ficava acordado, sem conseguir adormecer, a ouvir-te dormir, a ouvir o ar que respiravas, a ouvir-te sonhar. A ouvir-te dormir. Toda a noite. Tu dormias como se dormir fosse a única coisa para que existisses. Tu dormias e dormias. E eu via-te dormir. Ou voltava costas e ouvia-te dormir. Ou fechava os olhos e sonhava-te dormir. E apoiava-me no cotovelo e debruçava-me sobre o teu dormir.

E de manhã voltávamos a ser o que éramos, mas era já diferente, porque a manhã não é igual à noite e havia sol lá fora, um sol claro e frio que não secava a humidade noturna que se demorava nas sombras e nos jardins. E levantávamo-nos, tu tomavas banho, eu tomava banho, eu olhava para o teu cabelo molhado, e não havia nada mais belo do que o teu cabelo molhado, só mesmo o teu ar quando fazias de conta que não notavas que eu estava a olhar para ti e tu sabias que não havia nada de mais belo na manhã.

Saíamos para a rua, voltávamos ao teu carro, e íamos tomar o pequeno-almoço num café sobranceiro à praia, bebíamos galões e comíamos torradas, eu lia o jornal e tu folheavas revistas, ausente, enquanto os galões e as torradas não chegavam, e depois comias tudo rapidamente, e até a ver-te comer a manhã era mais bela e luminosa.

Éramos felizes. Eu era feliz. Éramos felizes. Até eu me tornar a meter no meu carro e voltar para a distância, tu sempre ao telemóvel a dizeres-me que me amavas e a contares-me os teus planos. Falavas sempre da tua vida, de como ia ser a tua vida, de como tu estavas certo do que ia ser a tua vida, quando depois de passarmos a noite e a manhã juntos, nos despedíamos e nos afastávamos. Depois, eu saía com cuidado da autoestrada, dizia-te que estava a chegar ao posto da portagem, despedíamo-nos com 'um beijo' e desligávamos.

4.

Os nossos automóveis estavam estacionados ao lado um do outro, no parque de estacionamento mal iluminado onde era habitual eu deixar o meu. Estávamos sentados no teu carro e eu, do lugar do passageiro, olhava distraído pela janela para a luz vermelha do alarme a piscar no painel do meu carro.

Nessa quarta-feira, como em todas as quartas-feiras, tínhamos passado a noite juntos. Eu saí do serviço, liguei-te, meti-me na autoestrada, e quando cheguei ao parque de estacionamento da cidade que ficava a meio caminho e era o ponto de encontro das quartas-feiras, tu já estavas, como sempre, à minha espera. Por estradas secundárias, fizemos o caminho até à praia. Fomos a tua casa, despimo-nos, amámonos, tomámos um duche, vestimo-nos, saímos para jantar. Fizemos devagar o percurso de regresso, demos uma volta pela cidade, e parámos no parque de estacionamento, onde o meu carro estacionado era sempre a lembrança de que havia vida para além de nós os dois, e que estava a chegar a hora de eu transpor o limiar que separava os dois mundos: o nosso, onde só tu existias, e o outro, onde tu eras uma ausência determinante.

Conversávamos. Era uma conversa ligeira, de despedida. Estava já cumprida a paixão dos nossos encontros, e agora seguíamos um ritual que devagar nos aproximava do pulsar normal do quotidiano. Como se aquele parque de estacionamento, onde não nos podíamos ao menos beijar, fosse a câmara de descompressão entre o casulo de uma nave e a vastidão agreste de um oceano escuro e oco. Tu contavas uma ou outra novidade sem importância que tinha ficado esquecida, e eu lastimava-me do insuperável resto de semana que faltava para te tornar a ver. Eram sempre assim os encontros das quartas-feiras.

Eu sei que olhava distraído pela janela para a luz vermelha do alarme a piscar no painel do meu carro. Não me lembro do que é que falavas, não me lembro sequer de como é que, cautelosamente por certo, introduziste o tema. Todas as palavras, todas as conversas que trocámos até esse momento, se esvaziaram. Só me lembro de ouvir a tua voz, doce, macia e sedutora como sempre, a dizer "eu gosto muito de ti, mas não te amo". Pareceu-me natural.

Talvez pelo tom circunstancial que empregaste, não senti estranheza alguma. Soava como o desenvolvimento, um pouco inesperado e desagradável, é certo, mas todavia previsível, da nossa história. Ali, naquele parque de estacionamento, ao final da noite, não ousei sequer questionar se o que dizias fazia sentido.

Talvez te tenha perguntado quando é que tinhas chegado a essa conclusão. Lembro-me de teres dito que durante as minhas férias tinhas saído outra vez com os teus amigos, e te tinhas sentido bem na sua companhia. E que tinhas sentido que se calhar estavas melhor com eles do que comigo e que, se calhar, isso era sinal de que já não me amavas. Gostavas muito de mim, repetias, como se me pudesse consolar a ideia de que havia uma alternativa ao amor, que não sendo tão brilhante e compensadora, seria, ao menos, um sucedâneo não de todo desprezável. Ou desprezível. Como se para evitar afogar-me, eu me pudesse agarrar, como a um destroço, à consolação de que tu, afinal, gostavas muito de mim.

Lembro-me de que, na altura, me passou pela cabeça a ironia do que acabavas de me dizer: as minhas férias tinham durado a breve eternidade de oito dias, nós vivíamos a cem quilómetros um do outro, encontrávamo-nos apenas uma noite por semana e passávamos juntos apenas parte dos fins de semana, e além disso tu, todas as noites, ou quase todas as noites, saías com o grupo de amigos que tinhas há já muitos anos e cujos nomes já me eram tão familiares que eu falava deles como se fossem meus amigos também, apesar de não os conhecer, de nunca os ter visto sequer, a não ser em fotografias, mas ver fotografias de pessoas que não conhecemos é confirmar a impossibilidade de se amar um estranho. Como é que tu podias ter descoberto que afinal já não me amavas, em apenas oito dias?

Mas, como disse, naquele momento, pareceu-me natural. Não senti dor ou mágoa, vazio ou desconsolo. Pareceu-me certo. Tu não me amavas. Gostavas muito de mim, mas não me amavas. Nós não íamos envelhecer juntos? Íamos, mas isso são as coisas que se dizem quando se ama. Não querias comprar uma quinta onde havia um lugar para mim? Querias, mas isso era quando me amavas. Consegui sair do teu carro sem tropeçar e dizer-te boa noite sem sufocar. O mundo, apesar de tudo, não desabava. Meti-me no meu carro e, como habitual, fizemos o percurso de regresso a falar ao telefone. Preocupava-te saber como é que eu estava. Mas eu estava bem. Não reconhecia a noite para além do feixe de luz dos faróis do automóvel, mas estava bem.

Passei o resto da semana em suspenso. Sem saber. Tudo parado. Todo parado. Como uma cadência subitamente interrompida e que, inevitavelmente, vai ser retomada um pouco adiante. Tu eras ainda tu, naturalmente tu, todo tu. Tu eras tu como tinhas sido tu até aí. Ainda tu. O mundo não era senão tu. O mundo não era se não fosses tu, e por isso parecia não ter acontecido nada. Quer dizer, não estava a acontecer nada, estava tudo parado. Suspenso.

O fim de semana seguinte chegou, como se houvesse por detrás dos acontecimentos uma contagem decrescente inexorável. Não fui ter contigo, queria que viesses tu a minha casa, conhecer a minha casa, ver o meu gato, passar o dedo pelo pó que se acumula no vidro das molduras de fotografias. Como se mostrar-te a minha vida te mantivesse dentro dela. Tu adiaste, sábado de manhã, sábado à noite, depois domingo, vinhas almoçar, vinhas tomar café depois do almoço. No domingo ao princípio da tarde telefonaste a dizer que um amigo, o teu maior amigo, tinha tido um acidente e que não podias vir, talvez só ao fim da tarde, ou mesmo depois do jantar, ou então só na segunda-feira.

Vinte e seis de março. Segunda-feira. Seis da tarde. Liguei-te. Perguntei-te pelo teu amigo. Estava bem, tinha passado pelo hospital, mas não tinha nada de especial. Perguntei-te se vinhas ter comigo, respondeste que não podias, tinha que ficar para o dia seguinte, talvez.

Tento dizer adeus e sufoco, tento afastar-me e tropeço. Parece-me claro: o meu mundo desfaz-se quando tu não estás ao pé de mim. A diferença é que, à luz negra que brilha sobre um vazio, eu já o vejo a desmoronar-se, começou a desfazer-se. Sufoco e tropeço, mas sei que este mundo que desaba já não existe. Sufoco e tropeço, mas sei que a única coisa que posso fazer é afastar-me, e depressa, dos destroços, da poeira que aos poucos me vai turvando os olhos. E digo-te: "se não podes vir agora, acabamos já com isto, não vale a pena continuar".

A partir desse momento, tu passaste a ser só a imagem de um mundo desfeito.

Sobre o autor

Miguel Botelho nasceu no ano em que os Beatles gravaram *Love Me Do*, o que marcaria radicalmente a sua vida. Vive em Coimbra, mas habituou-se à contrariedade. Procrastina por vocação e serve o estado provocação. Escreve histórias vagas nas horas curtas. Publicou em 2011, Ilha: Narrativa, em prosa e em verso, de uma viagem de regresso (edição de autor).

Mais informação sobre o autor em
objectostranscendentes.tumblr.com.

Miguel Botelho

Sobre a editora

A **INDEX ebooks** é uma editora especializada em ebooks de literatura gay em língua portuguesa a preços *low-cost*. A publicação de novas obras de literatura gay por autores portugueses, brasileiros ou de outros países de expressão portuguesa é muito reduzida, tal como a reedição de obras esgotadas. Por outro lado, a oferta em português de literatura gay traduzida é quase inexistente. A INDEX ebooks está focada em facilitar a todos os leitores o acesso a este acervo de obras. Por isso mantemos os nossos custos em patamares tão baixos quanto possíveis. Por isso usamos conteúdos de domínio público ou com licenças de uso livre. Por isso editamos apenas em formato digital e estamos 100% online. Por isso oferecemos as nossas edições a bibliotecas para que as disponibilizem aos seus leitores gratuitamente. Por isso oferecemos serviços de edição de ebooks a novos autores de manuscritos originais de literatura gay em língua portuguesa.

O nome da editora faz uma referência irónica à Lista de Livros Proibidos da Igreja Católica, o **Index Librorum Prohibitorum**, uma lista de publicações proibidas, os "livros perniciosos", criada em 1559 no Concílio de Trento (1545-1563), administrada pela Inquisição, ou Santo Ofício, que foi inicialmente utilizada como ferramenta contra o avanço do protestantismo e contra a corrupção dos fiéis. A última edição, publicada em 1948, continha 4.000 títulos censurados por várias razões: heresia, deficiência moral, sexualidade explícita, incorreção política, etc. Em determinados períodos da história, obras de cientistas, filósofos, enciclopedistas ou pensadores famosos como Galileu, Copérnico, Maquiavel, Erasmo de Roterdão, Espinosa, Locke, Berkeley, Diderot, Pascal, Hobbes, Descartes, Rousseau, Montesquieu, Hume ou Kant pertenceram a esta lista.

INDEX ebooks: livros "proibidos"!

Mais informação sobre as nossas publicações em **www.indexebooks.com**.

Novidades sobre literatura gay em língua portuguesa no nosso blogue em **index-books.blogspot.pt**.

Elvis sobre a Baía de Guanabara

+- 24.05. 2021 IM

18864010R00068

Printed in Great Britain
by Amazon